讀兒歌
學中文

4

目次

第16篇　荒誕篇

目次

第17篇 繞口令篇（上）

第18篇 問答篇

第16篇

荒誕篇

聰明

梭梭星，扁擔星，
銅油盞，花油瓶，
念是七遍就聰明。

梭 ㄙㄨㄛ suō

♪ 織布時用來牽引緯線的器具。例：機梭、日月如梭。

盞 ㄓㄢˇ zhǎn

♪ 小而淺的杯子。例：茶盞。

♪ 量詞。例：一盞燈。

聰 ㄘㄨㄥ cōng

♪ 智力、記憶力、領悟力等很強。例：聰敏。

♪ 聽力、聽覺。例：失聰。

♪ 聽力敏銳。例：耳聰目明。

明 ㄇㄧㄥˊ míng

♪ 聰慧。例：聰明。

♪ 光亮，光線充足的。例：明亮。

♪ 清楚。例：是非不明、黑白分明。

上學

亮月亮，白玲蕩，
兩個婆婆洗衣裳，
衣裳洗只白督督，
送開大哥上學堂。

督督：比喻白的意思。

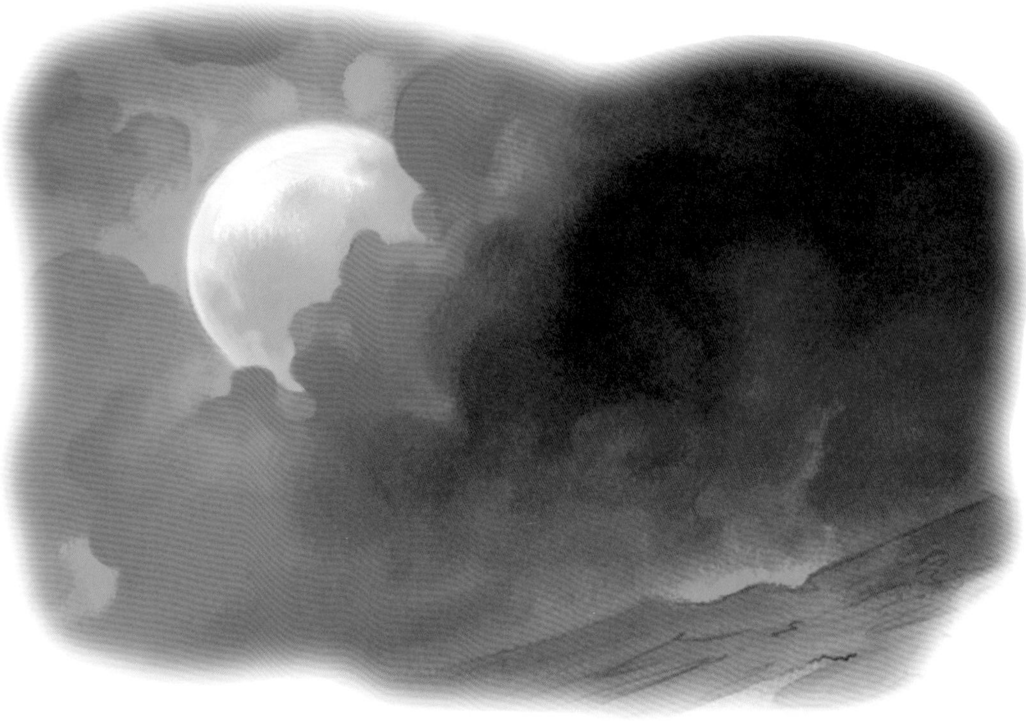

蕩 ㄉㄤˋ dàng

♪搖擺、晃動。例：蕩舟。

♪放縱不受拘束。例：放蕩。

♪清除、掃除。例：掃蕩。

只 ㄓˇ zhǐ

♪僅。例：只此一家，別無分號。

♪儘管。例：只管。

♪量詞。計算物體件數的單位。同「隻」。例：一只戒指。

督 ㄉㄨ dū

♪監察、考核、審視。例：督導。

♪具監察及指揮權責的官員。例：總督。

一張白紙

一張白紙飛過街，
哪個讀書哪個乖；
人人都想高官做，
丟下田中秧苗哪個栽？

讀 ㄉㄨˊ dú

♪照著文字唸。例：朗讀。

♪看書。例：閱讀。

♪學習、研究。例：讀醫科。

都 ㄉㄡ dōu

都 ㄉㄨ dū

ㄉㄡ

♪全部。例：都是。

♪甚至。例：一動都不動。

ㄉㄨ

♪中央政府及地方政府的所在地。例：首都。

♪大城市。例：都市。

描廟

東描廟，西描廟，
左描廟，右描廟，
調轉頭來，描描廟。

描 ㄇㄧㄠˊ miáo

♪依樣摹畫。例：描圖。

♪塗寫。例：愈描愈黑。

左 ㄗㄨㄛˇ zuǒ

♪面朝北時，在西邊的方向、位置。例：左轉。

♪偏差、不正的。例：旁門左道。

♪違背。例：意見相左。

右 ㄧㄡˋ yòu

♪面朝北時，在東邊的方向、位置。例：右手。

♪上位。例：無人能出其右。

轉 ㄓㄨㄢˇ zhuǎn 轉 ㄓㄨㄢˋ zhuàn

ㄓㄨㄢˇ

♪改變方向或變換形勢、情況等。例：轉變。

♪間接傳送。例：轉達。

ㄓㄨㄢˋ

♪迴旋環繞。例：轉圈、自轉。

真希奇

希奇希奇真希奇，
螞蟻踏殺老婆雞，
豬玀玀養啦鳥籠裡，
八十歲公公坐啦坐車裡。

希 ㄒㄧ xī

♪少有、不多。通「稀」。例：希有。

♪盼望、仰慕。例：希望。

蟻 ㄧˇ yǐ

♪昆蟲名，體形微小，分頭、胸、腹三部分。例：螞蟻、白蟻。

♪微賤、卑下如蟻的。例：蟻命。

♪眾多如蟻的。例：蟻合。

玀 ㄌㄨㄛˊ lúo

♪豬，罵人的話。例：豬玀。

車 ㄔㄜ chē

♪通稱在陸地上靠輪子轉動而運行的交通工具。例：汽車。

♪利用輪軸轉動的機械。例：水車。

♪利用機器轉動來加以縫紉、切削。例：車衣服。

希奇夾古怪

希奇夾古怪，
蒼蠅咬破碗，
尼姑要花戴。

奇 ㄑㄧˊ qí

♪特別、少有。例：稀奇。

♪出人意料。例：奇兵。

♪極、甚。例：奇大無比。

奇 ㄐㄧ jī

♪單數的。例：奇數。

夾 ㄐㄧㄚˊ jiá

♪從相對的兩方使力，使中間的物體受鉗而不動。例：夾菜。

♪鉗物的器具。例：衣夾。

蠅 ㄧㄥˊ yíng

♪生長繁殖極快，能傳染霍亂、傷寒、結核、痢疾等的病原菌。例：家蠅、果蠅。

破 ㄆㄛˋ pò

♪殘破不全的。例：破洞。

♪毀壞、使碎裂。例：破壞。

♪超越。例：破紀錄。

一希奇 1

一希奇，南瓜肚裡唱京戲。
二希奇，三歲孩子生鬍鬚。
三希奇，猴兒騎小雞。
四希奇，小魚兒上岸耍把戲。
五希奇，小豬兒穿紅衣。
六希奇，黃狗兒孵小雞。

鬚 ㄒㄩ xū

♪生於人類下巴的鬍子。例：鬍鬚。

♪動物的觸鬚。例：羊鬚。

♪像鬚一樣的東西。例：鬚根。

岸 ㄢˋ àn

♪水邊的陸地。例：河岸、海岸。

♪高傲的樣子。例：道貌岸然。

孵 ㄈㄨ fū

♪蟲、魚、鳥等類動物的卵由胚胎發育為雛的過程。例：孵化、孵蛋。

一希奇 2

一希奇，地上滾到閣上去。

二希奇，蛋殼裡雄雞喔喔啼。

三希奇，三歲小囡出牙鬚。

四希奇，場角上老牛給老鷹抓住去。

五希奇，大人吊死煙囪裡。

六希奇，和尚挑盤望阿姨。

七希奇，黃狼給小雞捉住去。

八希奇，八十歲老頭子睏了搖籃裡。

九希奇，額角上面生肚臍。

十希奇，肚臍眼裡打噴嚏。

閣 ㄍㄜˊ gé

♪一種似樓房的傳統建築物。例：亭臺樓閣。

♪女子的房間。例：出閣。

♪內閣。例：組閣。

鷹 ㄧㄥ yīng

♪鳥名，體型稍大，嘴呈鉤曲狀。雙翅寬廣強勁。個性凶猛，眼光銳利，飛行迅速，可在空中盤旋。例：老鷹。

臍 ㄑㄧˊ qí

♪人和其他哺乳動物的腹部中央，臍帶脫落後的凹陷處。例：肚臍。

誇誕歌 1

一個屁，放的古，
迸到山西太原府，
迸倒了三座廟，
壓死了二隻虎，
三千人馬來拿屁，
一下迸了二千五，
剩下五百逃活命，
鼻子眼窩都是土。

誇 ㄎㄨㄚ kuā

♪炫耀、說大話。例：誇大。

♪稱讚、讚美。例：誇獎。

誕 ㄉㄢˋ dàn

♪行為放蕩怪異。例：怪誕。

♪虛妄不實。例：荒誕。

♪生日。例：誕辰。

拿 ㄋㄚˊ ná

♪用手持取物品。例：拿書。

♪捕捉。例：捉拿。

逃 ㄊㄠˊ táo

♪離開、跑走或躲避。例：逃跑。

土 ㄊㄨˇ tǔ

♪地面沙泥等的混合物。例：泥土。

♪土地、疆域。例：國土。

♪地方性的。例：土產。

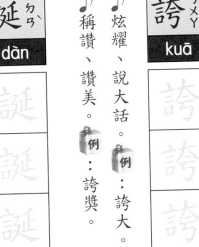

誇誕歌 2

哥呀哥，
教你唱隻扯謊歌。
昨夜看見牛生蛋，
今天看見馬生角，
七條鯉魚街上走，
八隻兔子過黃河，
黃河有條燈草樹，
燈草樹上起鳥窩，
起鳥窩，挖田螺，

一個田螺三斤半，
挖出肉來九斤多，
切成片，煮下鍋，
裝起來，九大籮；
隔籬有個大和尚，
拿起畚箕把湯喝。

教 ㄐㄧㄠ jiāo

教 ㄐㄧㄠˋ jiào

ㄐㄧㄠ

♪傳授。例：教唱、教書。

ㄐㄧㄠˋ

♪訓誨、誘導。例：教育。

♪指宗教。例：佛教。

♪禮儀、規矩。例：家教。

昨 ㄗㄨㄛˊ zuó

♪昨天，今天的前一天。例：昨夜。

隔 ㄍㄜˊ gé

♪分開、阻絕。例：隔離。

♪距離、相間。例：相隔千里。

籬 ㄌㄧˊ lí

♪用竹子或樹枝編成的柵欄。例：籬笆。

扯謊歌

自從未唱扯謊歌，
風吹岩頭滾上坡。
去時看見牛生蛋，
轉來看見馬生角。
四兩棉花沉了水，
一副磨子泅過河。

謊 ㄏㄨㄤˇ huǎng

♪不實在的話。例：謊話。

岩 ㄧㄢˊ yán

♪同「巖」。例：岩石。

♪構成地殼的石質，多為礦物的集合體。例：花岡岩。

沉 ㄔㄣˊ chén

♪沒入水中。例：石沉大海。

♪抑制。例：沉不住氣。

♪程度深的。例：沉睡。

副 ㄈㄨˋ fù

♪次要的。例：副業。

♪符合相稱。例：名副其實。

磨 ㄇㄛˊ mó 磨 ㄇㄛˋ mò

ㄇㄛˊ

♪借物摩擦而使物品光滑或銳利。例：磨刀。

♪將東西碾壓成細末狀。例：磨碎。

ㄇㄛˋ

♪用來碾碎穀物等東西的器具。例：石磨。

聽我唱歌

聽我唱歌難上難，
雞蛋上面堆鴨蛋，
鴨蛋上面堆酒罈，
酒罈上面插竹竿，
竹竿上面曬衣裳。

聽 ㄊㄧㄥ tīng

♪用耳朵接收聲音。例：聽音樂。

♪順從、服從。例：聽從。

♪等候、等待。例：聽候。

竿 ㄍㄢ gān

♪竹幹、竹莖。例：竹竿。

曬 ㄕㄞˋ shài

♪物體曝露陽光下，吸收光熱，使其乾燥。例：曬衣服。

小人小山歌

小人小山歌，
大人大山歌
蚌殼裡搖船出太湖，
燕子啣泥丟斷海，
鰟鮍跳過洞庭山。

蚌 ㄅㄤˋ bàng

♪軟體動物名。例：蚌殼。

殼 ㄎㄜˊ ké

♪物體堅硬的外皮。例：蛋殼。

燕 ㄧㄢˋ yàn

♪鳥名。例：燕子。

啣 ㄒㄧㄢˊ xián

♪用嘴巴含著。通「銜」。例：啣著骨頭。

斷 ㄉㄨㄢˋ duàn

♪長條形的物品，從中間分成幾段截開。例：剪斷。

♪隔絕、不延續。例：斷絕。

♪戒除、禁絕。例：斷水。

山歌多

你的山歌沒有我的
山歌多，
我的山歌牛毛多，
唱了三年三個月，
還沒唱完牛耳朵。

三 ㄙㄢ sān

♪介於二與四之間的自然數。大寫作「參」，阿拉伯數字作「3」。例：三個人。

♪第三的。例：三月。

♪表多數或多次的。例：舉一反三、三番兩次。

完 ㄨㄢˊ wán

♪齊全、齊備。例：完美。

♪做畢。例：完工。

♪盡，沒有剩餘。例：看完。

耳 ㄦˇ ěr

♪人及動物的聽覺器官與平衡器官。例：耳朵、雙耳。

♪形狀像耳朵的東西。例：木耳、銀耳。

講我扯白

講我扯白就扯白，
六月初二落大雪。
三歲走湖廣，
四歲游南北。
鐵籠關個貓，
犨又犨不得。
雞籠關蚊子，
氣都出不得。
鍊子綁蚊子，
扯做七八節。
四川水豆腐，
一刀殺出血。

犨：牛喘氣聲。

講 ㄐㄧㄤˇ jiǎng

♪談、說。例：講故事。

♪說明、解釋。例：講課。

♪研討、論究。例：講道理。

雪 ㄒㄩㄝˇ xuě

♪空氣中的水蒸氣遇冷至零度以下而凝結降落的六角形白色晶體。例：下雪。

♪顏色像雪一般白的。例：雪亮。

鍊 ㄌㄧㄢˋ liàn

♪用火燒或高溫加熱等方法，取得精純或適用的物質。通「煉」。例：鍊金、鍊銅。

♪金屬環相連而成的索條。例：鐵鍊。

♪訓練、磨練。例：鍛鍊。

綁 ㄅㄤˇ bǎng

♪用繩索纏繞或綑紮。例：綑綁。

瞎話

說瞎話，瞎胡話，
拿起鐮來砍一鋤，
一鋤砍得棘樹上，
落的柿子一地紅，
張起包來拾杏兒，
拾了葡萄幾提籮，
張三吃了李四飽，
脹得趙五直啼哭，
母親看見把姪子叫，

媳婦看見將哥哥呼，
一家得了瞎話病，
越說清楚越糊塗！

瞎 ㄒㄧㄚ xiā

♪眼睛看不見東西。例：眼瞎了。

♪胡亂行事。例：瞎扯。

棘 ㄐㄧˊ jí

♪有刺的灌木。例：荊棘。

♪有刺的。例：棘皮的動物。

脹 ㄓㄤˋ zhàng

♪變大。例：膨脹。

♪肚子很飽。例：吃得好脹。

姪 ㄓˊ zhí

♪兄弟的子女。例：姪兒、姪女。

♪稱呼同輩朋友的子女。例：賢姪。

閒來無事出城去

閒來無事出城去，
碰見兩個蛐蛐吹牛皮。
一個說明天我吃一棵大柳樹，
一個說明天我吃一個大叫驢。
兩個正在吹牛皮，
且南來了一個大鬥雞，
兩個一見生了氣，
瞪瞪眼睛縷縷鬚；
奔向鬥雞去，

想把鬥雞吃了吧。
牠們都跑鬥雞肚裡去！

蛐 ㄑㄩ qū

♪蟋蟀。例：蛐蛐兒。

且 ㄑㄧㄝˇ qiě

♪草率，敷衍。例：苟且。

♪同時做兩件事。例：且唱且跳。

♪表示更進一層的意思。例：而且。

縷 ㄌㄩˇ lyǔ

♪細線。例：身無寸縷。

♪細長如線的東西。例：一縷清煙。

奔 ㄅㄣ bēn

♪跑。例：狂奔。

♪逃走。例：奔亡。

♪直往。例：投奔自由。

生字：蛐 且 縷 奔

種芝麻

初八十八二十八，
姊妹三人種芝麻，
上頭開的月月紅，
底下結的大西瓜，
摘到手裡是茄子，
煮到鍋裡是絲瓜，
掇到碗裡是豆腐，
吃到嘴裡賽南瓜。

姊 ㄐㄧㄝˇ jiě

♪同父同母所生的女孩，先出生的。例：姊姊。

♪稱同輩較年長的女子。例：學姊。

掇 ㄉㄨㄛˊ duó

♪拾取。例：掇拾。

腐 ㄈㄨˇ fǔ

♪朽爛、敗壞。例：腐爛。

♪陳舊、不開通。例：陳腐。

豌豆大

豌豆大，綠豆小，
開開後門娶二嫂。
娶個大，
城門樓擠過不下。
娶個小，不見了；
找不著，可怎著？
眼藥瓶裡洗裹腳。

豌 ㄨㄢ wān

♪植物名。例：豌豆苗。

綠 ㄌㄩˋ lyù

♪像青草、樹葉的顏色。例：紅紅綠綠。

♪綠色的。例：紅花綠葉、綠意盎然。

♪形容因生氣、著急或受驚嚇時的臉部表情。例：氣得臉都綠了。

樓 ㄌㄡˊ lóu

♪兩層或兩層以上的房屋。例：高樓大廈。

♪樓房的一層。例：一樓。

♪在樓房中的辦公室。例：寫字樓。

擠 ㄐㄧˇ jǐ

♪推、壓。例：門被擠破了。

♪搾取。例：擠牛奶。

♪用力插進人群中。例：擠進去看熱鬧。

同來看

同來看，同來看，
黑雞下了個白雞蛋。
同來瞧，同來瞧，
耗子長了一身毛。

同 ㄊㄨㄥˊ tóng

- 契約。例：合同。
- 會合，聚集。例：會合。
- 彼此一樣。例：志同道合。

耗 ㄏㄠˋ hào

- 消息。例：噩耗。
- 用去。例：消耗。

屁

對門山上一座碑，
三個大姐坐一堆，
大姐一個屁，
二姐滿天飛，
不是三姐跑得快，
幾乎吃了屁的虧。

碑 ㄅㄟ bēi

♪豎起來的大石塊。例：石碑。

♪刻上文字或圖案的石塊，豎立起來作為標誌，或紀念之用。例：里程碑、紀念碑。

屁 ㄆㄧˋ pì

♪由肛門排出的臭氣。例：放屁、屁滾尿流。

♪形容令人不屑的。例：屁話。

第17篇

繞口令篇（上）

我有一隻狗

我有一隻狗，
狗尾拖一個斗，
不知狗拖斗，
還是斗拖狗。

拖 ㄊㄨㄛ tuō

♪牽拉，一般指拉著較重的物體。例：拖車。

♪拉著物體使挨著另一物體的表面移動。例：拖地。

♪延遲擱置。例：拖拖拉拉。

知 ㄓ zhī

♪明白、了解。例：知道。

♪見識、學問。例：知識。

♪通告。例：通知。

♪朋友。例：知己。

鼓

壁上掛隻鼓，
鼓裡畫隻虎，
虎爬破了鼓，
拿塊布來補，
不知布補虎？
還是布補鼓？

壁 ㄅㄧˋ bì

♪牆。例：銅牆鐵壁。

♪險峻陡峭的山崖。例：懸崖峭壁。

♪軍隊駐守的營壘。例：壁壘分明。

畫 ㄏㄨㄚˋ huà

♪區分、分界。例：畫分。

♪繪製、描繪。例：畫圖。

♪圖、圖像。例：如詩如畫。

虎 ㄏㄨˇ hǔ

♪動物名。例：虎毒不食子。

♪形容人威武勇猛的樣子。例：虎將、虎父無犬子。

一錠銀

一錠銀，買只瓶，
牆上釘一釘，
釘上掛一瓶，
瓶落下，打破盆。
盆要瓶賠盆，
瓶要盆賠瓶。

錠 ㄉㄧㄥˋ dìng

♪製成塊狀的金屬或藥物。例：止痛錠。

♪用紙或錫箔糊成元寶狀的祭奠用品。例：香燭紙錠。

瓶 ㄆㄧㄥˊ píng

♪指頸長、腹大，可用來裝液體的容器。例：花瓶、酒瓶。

♪量詞。計算瓶裝物的單位。例：兩瓶啤酒。

釘 ㄉㄧㄥˋ dìng 釘 ㄉㄧㄥ dīng

ㄉㄧㄥˋ

♪以釘、針固定東西，或是將分散的物品連結起來。例：釘牢。

ㄉㄧㄥ

♪由鋼鐵或竹木做成，為尖頭細長形，可貫穿物體，使結合牢固的東西。例：鐵釘。

麻子鬼

麻（ㄇㄚˊ）子（ㄗˇ）鬼（ㄍㄨㄟˇ），

偷（ㄊㄡ）涼（ㄌㄧㄤˊ）水（ㄕㄨㄟˇ），

搬（ㄅㄢ）倒（ㄉㄠˇ）了（ㄌㄜ）缸（ㄍㄤ），

砸（ㄗㄚˊ）了（ㄌㄜ）腿（ㄊㄨㄟˇ）。

你（ㄋㄧˇ）賠（ㄆㄟˊ）我（ㄨㄛˇ）的（ㄉㄜ）缸（ㄍㄤ），

我（ㄨㄛˇ）賠（ㄆㄟˊ）你（ㄋㄧˇ）的（ㄉㄜ）腿（ㄊㄨㄟˇ）。

砸 ㄗㄚˊ zá

♪拋、丟。例：砸石頭、砸水球。

♪敲打。例：砸傷了。

♪打壞、打碎。例：砸破鍋子。

♪失敗。例：搞砸。

賠 ㄆㄟˊ péi

♪補償損失。例：賠償。

♪虧損、損失。例：賠錢。

♪道歉。例：賠罪。

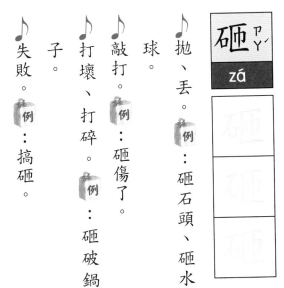

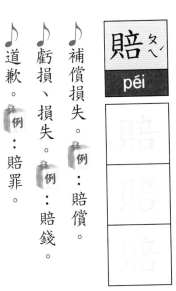

一堆灰

遠望一堆灰，
灰上登個龜，
龜上登個鬼，
鬼兒無事挑擔水，
濕了龜的尾，
龜要鬼賠龜的尾，
鬼要龜賠鬼的水。

遠 ㄩㄢˇ yuǎn

♪時間、空間的距離大。例：久遠。

♪深奧。例：深遠。

♪血緣關係不近的。例：遠房親戚。

灰 ㄏㄨㄟ huī

♪物體燃燒後所剩下的粉屑。例：煙灰。

♪塵土。例：灰塵。

♪志氣消沉、沮喪。例：心灰意冷。

登 ㄉㄥ dēng

♪低處爬上高處。例：登山。

♪記錄、刊載。例：登記。

龜 ㄍㄨㄟ guī

龜 ㄐㄩㄣ jūn

ㄍㄨㄟ

♪爬蟲類動物，行動遲緩，性耐飢渴，壽命長達百年之上。例：烏龜。

ㄐㄩㄣ

♪物體裂開許多縫隙。例：龜裂。

蔣家羊

蔣（ㄐㄧㄤˇ）家羊（ㄧㄤˊ），楊（ㄧㄤˊ）家牆（ㄑㄧㄤˊ），

蔣（ㄐㄧㄤˇ）家羊（ㄧㄤˊ）撞（ㄓㄨㄤˋ）倒（ㄉㄠˇ）了（ㄌㄜ˙）楊（ㄧㄤˊ）家牆（ㄑㄧㄤˊ），

楊（ㄧㄤˊ）家牆（ㄑㄧㄤˊ）壓（ㄧㄚ）死（ㄙˇ）了（ㄌㄜ˙）蔣（ㄐㄧㄤˇ）家羊（ㄧㄤˊ），

楊（ㄧㄤˊ）家（ㄐㄧㄚ）要（ㄧㄠˋ）蔣（ㄐㄧㄤˇ）家（ㄐㄧㄚ）賠（ㄆㄟˊ）牆（ㄑㄧㄤˊ），

蔣（ㄐㄧㄤˇ）家（ㄐㄧㄚ）要（ㄧㄠˋ）楊（ㄧㄤˊ）家（ㄐㄧㄚ）賠（ㄆㄟˊ）羊（ㄧㄤˊ）。

蔣 ㄐㄧㄤˇ jiǎng

♪姓氏。

撞 ㄓㄨㄤˋ zhuàng

♪敲打。例：撞鐘。

♪行進間猛然碰觸某物體。例：撞傷。

♪碰巧遇上。例：撞見。

♪衝突。例：頂撞。

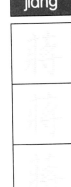

潘管兩判官

一個廟裡兩個判官，
一個姓潘，一個姓管。
不知潘判官管管判官？
還是管判官管潘判官？

判 ㄆㄢˋ pàn

♪分明、辨明。例：判別、存亡未判。

♪決斷、斷定。例：審判、裁判。

潘 ㄆㄢ pān

♪姓氏。

嚴圓眼

前山有個嚴圓眼，
後山有個圓眼嚴，
兩人上山來比眼，
不知嚴圓眼的眼圓？
還是圓眼嚴的眼圓？

前 ㄑㄧㄢˊ qián

♪位置在正面或靠近開頭的。例：前門。

♪時間或次序較早的。例：史無前例。

♪未來的。例：前途。

嚴 ㄧㄢˊ yán

♪苛刻、不放鬆。例：嚴格。

♪肅穆、端莊。例：嚴肅。

♪緊急、急迫。例：事態嚴重。

♪周密。例：嚴謹。

比 ㄅㄧˇ bǐ　比 ㄅㄧˋ bì

ㄅㄧˇ

♪相較、較量。例：比賽。

♪依照、仿照。例：比照。

♪用手勢模擬動作。例：比手畫腳。

ㄅㄧˋ

♪相益、挨著。例：比鄰。

♪屢屢、常常。例：比比皆是。

彎彎

月亮彎彎天上天，
菱角彎彎水下面。
木梳彎彎姐房中，
鐮刀彎彎郎手用。
眉毛彎彎只有你，
手臂彎彎只朝裡。

面 ㄇㄧㄢˋ miàn

♪相貌。例：洗心革面。

♪向著、對著。例：背山面水。

♪物體的外表或上部的一層。例：水面。

♪部位、方位。例：四面八方。

梳 ㄕㄨ shū

♪整理頭髮的用具。例：木梳。

♪用梳子整理頭髮。例：梳洗。

鐮 ㄌㄧㄢˊ lián

♪收割農作物或割除雜草用的工具，形狀彎曲如鉤。例：鐮刀。

刀 ㄉㄠ dāo

♪可用來砍殺的兵器。例：大刀。

♪切、削、剪、刻、割、斬的工具，多以鋼鐵製成。例：剪刀。

排排坐

排排坐，吃果果，
果果香，吃辣薑，
辣薑辣，吃枇杷，
枇杷甜，好過年，
年又快，如砍菜，
菜又乾，好上山，
山又遠，好看田，
田又方，好插秧。

排 ㄆㄞˊ pái

♪推擠。例：排山倒海。

♪疏導、疏通。例：排水。

♪一個接一個，照順序擺列。例：排隊。

♪演練、練習。例：排演。

方 ㄈㄤ fāng

♪方形的。例：方塊。

♪位置、地位的一邊或一面。例：四面八方。

♪某一地區的。例：方言。

♪辦法。例：千方百計。

♪姓氏。

瓦雀兒

瓦雀兒，飛過江，
轎來等，船來裝，
金子簪兒十八雙。
哪雙好？雙雙好，
一雙送姑婆，
一雙送表嫂。

瓦 ㄨㄚˇ wǎ

♪一種鋪設在屋頂上的建築材料。一般用陶土燒成。例：屋瓦。

♪用陶土燒成的。例：瓦盆。

♪電功率單位「瓦特」的簡稱。例：這臺飲水機消耗電功率為六百五十瓦。

江 ㄐㄧㄤ jiāng

♪大河的通稱。例：三江五嶽。

♪指長江。例：江南。

簪 ㄗㄢ zān

♪古人用來固定髮髻或頭冠的長針。例：髮簪。

♪在頭上插、戴。例：簪花。

月亮公公

月亮公公，騎馬過河東。
阿哥告狀，告給和尚。
和尚念經，念給觀音。
觀音符水，符給小鬼。
小鬼打門，門棍刷著；
刷著哪裡？
刷著金腦殼，銀腦殼。

生字：經 觀 音 符 腦

經 ㄐㄧㄥ jīng

♪從事、治理。例：經商。

♪歷、過。例：經年累月。

觀 ㄍㄨㄢ guān

♪察看、審視。例：觀察。

♪欣賞。例：參觀。

♪景像、情景。例：壯觀。

音 ㄧㄣ yīn

♪聲響。例：噪音。

♪腔調。例：口音。

符 ㄈㄨˊ fú

♪記號。例：符號。

♪相合、吻合。例：名實相符。

♪道士用來驅邪，治病的紙條或布條。

腦 ㄋㄠˇ nǎo

♪頭部。例：搖頭晃腦。

♪首要中心部分。例：主腦。

♪形狀或顏色像腦髓的東西。例：樟腦。

一個老人他姓顧

一個老人他姓顧，
拿個壺來去打醋，
趁便買了幾尺布，
回來看見了一隻兔，
放下布，放下醋，
去追兔，跑了兔，
丟了布，潑了醋，
老漢氣得真難受。

姓 ㄒㄧㄥˋ xìng

♪表示個人所屬家族或區別家族系統的符號。例：百家姓。

顧 ㄍㄨˋ gù

♪看視。例：相顧一笑。

♪關注、照應。例：照顧。

♪拜訪。例：三顧茅廬。

壺 ㄏㄨˊ hú

♪以陶土、金屬等製成的容器。例：水壺。

醋 ㄘㄨˋ cù

♪以米、麥、高粱等發酵釀成，用來調味的酸味液體。例：黑醋。

♪嫉妒。例：醋意。

趁 ㄔㄣˋ chèn

♪利用、藉著（時機、機會）。例：打鐵趁熱。

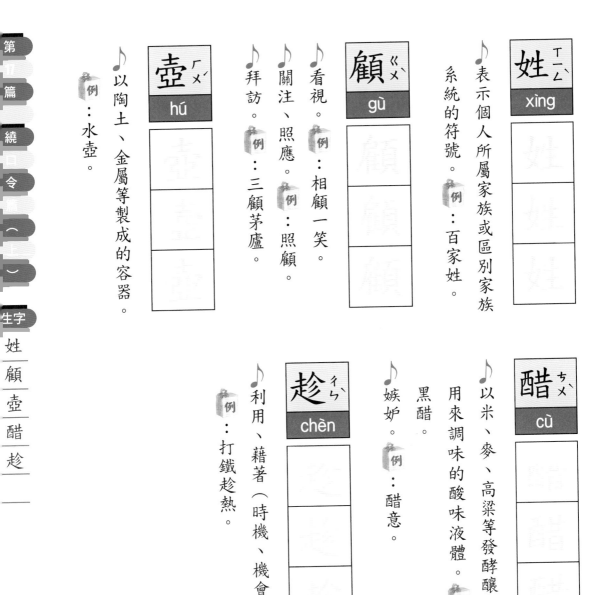

第18篇

問答篇

什麼河

什麼河？裏河。
什麼理？胡理。
什麼壺？酒壺。
什麼酒？吊兒酒。
什麼吊？
花花鑰匙城隍廟。

理 ㄌㄧˇ lǐ

♪修整、整治。例：整理。

♪辦事、處置。例：辦理。

♪順序、層次。例：有條有理。

匙 ㄕ˙ shi　匙 ㄔˊ chí

ㄕ˙

♪開鎖的器具。例：鑰匙。

ㄔˊ

♪舀取流質物體的飲食用具。例：湯匙。

什麼棗

什麼棗？大棗。
什麼大？天大。
什麼暗？天暗。
什麼雁？蘆花雁。
什麼爐？香爐。
什麼香？檀香。

暗 ㄢˋ àn

♪不明亮的、光線不充足的。例：陰暗。

♪不讓人知道的、不公開的。例：暗號。

♪默不作聲的、隱密的。例：暗示。

蘆 ㄌㄨˊ lú

♪植物名。例：蘆葦。

爐 ㄌㄨˊ lú

♪供燃燒用的器具設備。例：瓦斯爐。

檀 ㄊㄢˊ tán

♪植物名。例：檀香。

道人道人吃豬肝

道人道人吃豬肝，
阿彌陀佛在哪灘？
道人道人吃肉皮，
阿彌陀佛在哪呢？

哪灘、哪呢：即哪裡。

肝 ㄍㄢ gān

♪動物體內分泌膽汁及其他物質的消化器官。例：肝臟。

阿 ㄚ ā

♪加在稱謂上。例：阿姨、阿婆。

♪置於語尾。通「啊」。例：「做人阿！要腳踏實地才是」。

♪表示疑問、驚訝等語氣。例：「阿！你怎麼啦？」

彌 ㄇㄧˊ mí

♪填補。例：彌補。

♪更加。例：日久彌新。

♪遍、滿。例：煙霧彌漫。

陀 ㄊㄨㄛˊ tuó

♪一種木頭製的圓錐形玩具。例：玩大陀螺高手。

佛 ㄈㄛˊ fó

♪佛陀的簡稱。例：佛祖、佛教。

♪如佛一般的仁慈、和氣。例：如佛口蛇心。

小花田雞

小花田雞，多大年紀？
二十八歲；家住在哪裡？
大河東，小河西，
青青棵，爛泥窩。

花 ㄏㄨㄚ huā

♪植物體的一部份。例：玫瑰花。

♪虛假的。例：花言巧語。

♪耗費。例：花錢。

田 ㄊㄧㄢˊ tián

♪土地。例：稻田。

♪可開採某些資源的地帶。例：煤田。

雞 ㄐㄧ jī

♪動物名。例：母雞、土雞。

青 ㄑㄧㄥ qīng

♪綠色的。例：青山綠水、山青水秀。

♪綠色的草木、山脈。例：踏青、萬年青。

♪年輕的。例：青年、青春。

棵 ㄎㄜ kē

♪量詞。計算植物的單位。例：一棵樹。

螢火蟲

螢火蟲，你過來，
你去哪塊吃飯來？
什麼紅？豬肝紅。
什麼豬？母豬。
什麼母？親家母。
什麼親？鄉親。
什麼鄉？酒肉香。
什麼酒？米酒。
什麼米？黃小米。

什麼黃？蛋黃。
什麼蛋？扯淡。
什麼扯？葫蘆葫蘆扯。

鄉 ㄒㄧㄤ xiāng

♪地方政府的行政區域名稱。例：鄉鎮。

♪城鎮以外耕地較多，人口不稠密的地區。例：鄉村。

♪祖籍、出生地或長期居住過的地方。例：家鄉。

肉 ㄖㄡˋ ròu

♪動物體中由蛋白質、纖維素等構成的柔韌組織，用以包住骨骼。例：雞肉。

♪身體。例：肉體。

淡 ㄉㄢˋ dàn

♪物體的某種成分含量低的。指味道、顏色等方面。例：淡妝。

♪稀薄的。例：雲淡風輕。

♪不旺盛。例：生意清淡。

你是誰呀

你是誰呀？
我是王姑蕾呀！
你幹麼呢？我看瓜咧。
你那瓜呢？賣了錢咧。
你那錢呢？稱了肉咧。
你那肉呢？著貓叼咧。
你那貓呢？上了樹咧。
你那樹呢？大水沖咧。
你那水呢？老牛喝咧。

你那牛呢？上了山咧。
你那山呢？倒咧，
一句話兒說了咧。

誰 ㄕㄟˊ shéi

♪ 什麼人，表疑問。例：誰在敲門啊？

♪ 任何人。例：這種常識誰都知道。

蕾 ㄌㄟˇ lěi

♪ 含苞未開的花。例：花蕾。

幹 ㄍㄢˋ gàn

♪ 事物的主體部分。例：樹幹。

♪ 主要的。例：幹部。

♪ 才能。例：才幹。

咧 ㄌㄧㄝˇ liē

♪ 嘴角向兩旁伸展。例：咧開。

荷花

荷花荷花幾月開？
正月不開二月開；
荷花荷花幾月開？
二月不開三月開；
荷花荷花幾月開？
三月不開四月開；
荷花荷花幾月開？
四月不開五月開；
荷花荷花幾月開？
五月不開六月開；
荷花荷花幾月開？
六月不開，
永遠不再開。

開 ㄎㄞ kāi

♪啟、張。例：開門。

♪放在動詞後：(1)表示通透、豁達。例：想開。(2)表示擴張、擴大。例：散開。

正 ㄓㄥˋ zhèng　正 ㄓㄥ zhēng

ㄓㄥˋ

♪與「反」相對。例：正面。

♪修改錯誤。例：訂正。

ㄓㄥ

♪農曆的第一個月。例：正月。

不 ㄅㄨˋ bú

♪表示否定。例：不妥。

永 ㄩㄥˇ yǒng

♪恆久、久遠。例：永久。

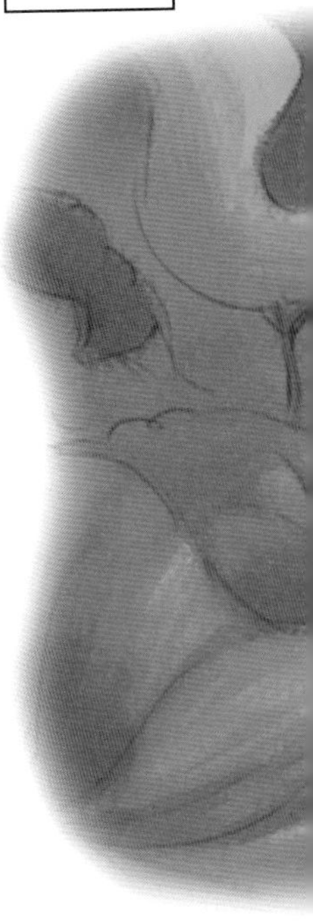

什麼尖尖 1

什麼尖尖尖上天？
什麼尖尖在水邊？
什麼尖尖街上賣？
什麼尖尖姑娘前？
寶塔尖尖尖上天，
菱角尖尖在水邊，
粽子尖尖街上賣，
縫針尖尖姑娘前。
什麼圓圓圓上天？

什麼圓圓在水邊？
什麼圓圓街上賣？
什麼圓圓姑娘前？
太陽圓圓上天，
荷葉圓圓在水邊，
燒餅圓圓街上賣，
鏡子圓圓姑娘前。

尖 ㄐㄧㄢ jiān

♪物體銳利的末端或突出細削的部分。例：筆尖。

♪在前端的。例：尖峰時段。

♪聲音頻率高而刺耳的。例：尖叫、聲音很尖。

塔 ㄊㄚˇ tǎ

♪形高而頂尖，多建在佛寺內。層數多為單數，用木、磚、石等材料建成。例：雷峰塔。

♪上層無皮露餡的西式點心。例：蛋塔。

什麼尖尖 2

什麼方方上天？
什麼方方在水邊？
什麼方方街上賣？
什麼方方姑娘前？
風箏方方上天，
魚網方方在水邊，
豆腐方方街上賣，
手帕方方姑娘前。

什麼彎彎彎上天？
什麼彎彎在水邊？
什麼彎彎街上賣？
什麼彎彎姑娘前？
月兒彎彎彎上天，
藕兒彎彎在水邊，
黃瓜彎彎街上賣，
木梳彎彎姑娘前。

箏 ㄓㄥ zhēng

♪樂器名。例：古箏。

帕 ㄆㄚˋ pà

♪隨身攜帶，用以擦拭的小方巾。例：手帕。

蓬蓬蓬

蓬！蓬！蓬！敲門。
哪個？隔壁張大哥。
張大哥來做啥？借竹刀。
借竹刀做啥？劈篾子。
劈篾子做啥？作蒸籠。
做蒸籠做啥？蒸饅頭。
蒸饅頭做啥？把外婆吃。
外婆在哪裡？在天角落裡。
怎格走上去？
花花轎兒抬上去。
怎格走落來？
三匹白馬騎落來。

蓬 ㄆㄥˊ péng

♪飛蓬，植物名。

篾 ㄇㄧㄝˋ miè

♪用竹皮劈成的細薄片。例：竹篾。

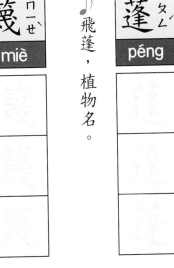

蒸 ㄓㄥ zhēng

♪利用水蒸汽的熱力把食物煮熟。例：蒸魚。

♪熱氣上升。例：蒸發。

格 ㄍㄜˊ gé

♪一定的標準、式樣。例：規格。

♪橫直線相交的方框。例：格子。

♪打鬥。例：格鬥。

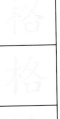

小黑子

小黑子，
幾丈長？幾丈高？
十丈長。十丈高。
騎紅馬，帶關刀。
什麼刀？紅漆刀。
什麼紅？棗兒紅。

丈 ㄓㄤˋ zhàng

♪量詞。公制一丈等於十公尺。

♪稱謂：對姻親尊長的稱呼。例：姑丈、姨丈。

♪測量。例：丈量土地。

十 ㄕˊ shí

♪數目名。例：十元。

♪滿足。例：十足。

漆 ㄑㄧ qī

♪樹名。皮內的樹脂可塗器物。例：油漆。

♪用漆塗刷。例：漆大門。

♪非常的黑暗。例：黑漆漆。

羊馬

羊馬羊馬幾丈高？
三丈五丈高；
騎羊馬，耍槍刀；
什麼刀，金金刀；
什麼把，紅漆把。

羊 ㄧㄤˊ yáng

♪哺乳動物，有綿羊、山羊兩種。例：牧羊人。

♪姓氏。

耍 ㄕㄨㄚˇ shuǎ

♪遊戲。例：玩耍。

♪捉弄。例：別耍我了。

♪舞動。例：耍大刀。

城門

城門，城門，
有多高？
八十丈高。
大兵小馬可容過？
有錢儘管過，
無錢砍大刀。
什麼刀？金光刀。
什麼金？柳木精。
什麼柳？白楊柳。

什麼白？雞蛋白。
什麼雞？抱窩雞。
什麼抱？城隍廟。
什麼城？古石城。
什麼古？羊皮鼓。
什麼羊？梭羅羊。
什麼羅？麵籮籮。
什麼麵？扯成線。

生字

容　儘　羅

容 ㄖㄨㄥˊ róng

♪相貌。例：笑容。

♪型態，樣子。例：陣容。

♪寬恕。例：寬容。

儘 ㄐㄧㄣˇ jǐn

♪任憑，不限制。例：儘管。

羅 ㄌㄨㄛˊ lúo

♪捕鳥的網。例：天羅地網。

♪捕捉。例：門可羅雀。

♪姓氏。

城門城門幾丈高

城門城門幾丈高？
三十六丈高。
騎白馬，帶腰刀，
走進城門滑一跤。

六 ㄌㄧㄡˋ liù

♪數目名。例：六個人。

滑 ㄏㄨㄚˊ huá

♪順溜、不凝滯的。例：光滑。

♪狡詐、虛浮不實在。例：油滑、浮滑不實。

♪在光滑的面上溜動。例：滑雪。

鸚哥

鸚哥，
你在河那邊做什麼？砍柴。
砍柴做什麼？蓋房子。
房子有多高？八十二丈高。
可容我家三千兵馬過？
有錢自可過，無錢耍大刀。
什麼刀？春秋刀。
什麼草？鐵線草。
什麼鐵？鍋鐵。

什麼鍋？兩口鍋。
什麼兩？稱兩。
什麼稱？觀音秤。
什麼觀？喙木官。
什麼喙？雞屎兩大喙。

鸚 ㄧㄥ yīng

♪鳥名。羽色美麗，有各種顏色。例：鸚鵡。

自 ㄗˋ zì

♪本身。例：自言自語。

♪本來、當然。例：自不待言。

♪從、由。例：自古以來。

鐵 ㄊㄧㄝˇ tiě

♪化學元素。加熱後能與許多化學元素反應，冶煉成各種材料，是應用最廣的金屬。人體若長期缺乏鐵質會引起貧血。例：鐵質。

♪兵器。例：手無寸鐵。

♪堅定不變的。例：鐵證如山、鐵石心腸。

喙 ㄏㄨㄟˋ hùi

♪鳥或獸類尖長形的嘴巴。

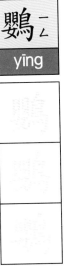

第19篇

顛倒篇

怪唱歌

怪唱歌，
奇唱歌，
魚兒咬死鴨大哥，
水缸裡起大波，
大河石頭滾上坡，
山頂上面魚蝦多。

波 ㄅㄛ bō

♪水因湧流或風力振盪所產生的起伏現象。例：波浪。

♪比喻目光。例：眼波。

♪跑。例：奔波。

坡 ㄆㄛ pō

♪地勢傾斜的地方。例：山坡。

頂 ㄉㄧㄥˇ dǐng

♪物體最高、最上面的部分。例：山頂。

♪以言語相抵。例：頂嘴。

♪代替、遞補。例：頂替。

♪量詞。計算帽子、轎子等的單位。例：一頂草帽。

顛倒歌 1

爺十三，娘十四，
哥哥十五我十六，
娘養哥哥我煮粥。
記得外公娶外婆，
我在轎上前頭放爆竹。

顛 ㄉㄧㄢ diān

♪最高的地方、頂端。例：顛峰。

♪震盪、搖動。例：顛簸。

♪倒置。例：顛三倒四。

爺 ㄧㄝˊ yé

♪稱謂：(1)舊時用以稱父親。例：爺娘。(2)舊時對長輩或主人的尊稱。例：老爺。

♪對神明的稱呼。例：財神爺。

記 ㄐㄧˋ jì

♪載錄。例：登記。

♪將事物印象留在腦海中。例：記住。

爆 ㄅㄠˋ bào

♪物體因受熱或壓力而猛然炸裂或迸出。例：爆炸。

♪比喻突然且猛烈的顯露。例：爆出冷門。

♪一種烹飪法。比炒所需的時間更短。例：蔥爆牛肉。

顛倒歌 2

紅姑娘子科結大桃，
老鼠背著大狸貓。
蚊子下了個天鵝蛋，
打破了，官來驗；
吹行鑼，打喇叭，
鞍子背到牛尾巴。

科 ㄎㄜ kē

♪類別、項目。例：學科。

♪法律、條目。例：金科玉律。

♪機關內分別辦事的單位。例：文書科。

驗 ㄧㄢˋ yàn

♪證明、證據。例：驗證。

♪功效。例：應驗。

♪考查、審核。例：測驗。

鞍 ㄢ ān

♪置於牲畜背上供人騎坐的特殊墊子。例：馬鞍、駱駝鞍。

顛倒歌 3

籃子撬起鋤頭把，
肩條水牛趕張耙，
一肩趕到竹嘴林。
竹嘴林，
樹上看見魚生子，
轉來看見急水灘上
鳥做窩。

籃 ㄌㄢˊ lán

♪用藤、竹、塑膠等物製成的盛物器具。例：菜籃、花籃。

♪裝置在球架上供作投球目標的鐵圈和網子。例：進籃、灌籃。

♪量詞。計算籃裝物的單位。例：一籃水果。

撬 ㄑㄧㄠˋ qiào

♪用棍、刀、錐等物插入縫或孔中，將他物扳開、挑起。例：撬開、撬門。

鋤 ㄔㄨˊ chú

♪鬆土、除草的農具。例：鋤頭。

♪用鋤頭鬆土或除草。例：鋤草。

♪剷除、消滅。例：剷奸鋤惡。

肩 ㄐㄧㄢ jiān

♪頭部下兩臂與身體連接的部分。例：肩並肩。

♪擔負。例：身肩重任。

顛倒歌 4

顛倒顛，上石橋，
抱住欄杆搖幾搖。
掃帚開個大紅花，
扁擔結個大櫻桃，
葫蘆沉水底，
石滾水上漂。

欄 ㄌㄢˊ lán

♪用木、竹、石或金屬等柱條圍成的阻擋物。例：欄杆。

♪書刊報章依內容、性質所區分的版面。例：廣告欄。

帚 ㄓㄡˇ zhǒu

♪打掃的用具。例：掃帚、竹帚。

櫻 ㄧㄥ yīng

♪植物名。例：櫻花。

漂 ㄆㄧㄠ piāo

漂 ㄆㄧㄠˋ piào

漂 ㄆㄧㄠˇ piǎo

ㄆㄧㄠ

♪浮在液面上。例：漂浮。

ㄆㄧㄠˋ

♪美麗、好看。例：漂亮。

ㄆㄧㄠˇ

♪用水沖洗。例：用水漂一漂。

♪用水加上藥劑洗物，使其顏色發生變化。例：漂白。

顛倒歌 5

反（ㄈㄢˇ）唱（ㄔㄤˋ）歌（ㄍㄜ），倒（ㄉㄠˋ）起（ㄑㄧˇ）頭（ㄊㄡˊ），

我（ㄨㄛˇ）家（ㄐㄧㄚ）園（ㄩㄢˊ）裡（ㄌㄧˇ）菜（ㄘㄞˋ）吃（ㄔ）牛（ㄋㄧㄡˊ），

蘆（ㄌㄨˊ）花（ㄏㄨㄚ）公（ㄍㄨㄥ）雞（ㄐㄧ）咬（ㄧㄠˇ）毛（ㄇㄠˊ）狗（ㄍㄡˇ），

姐（ㄐㄧㄝˇ）在（ㄗㄞˋ）房（ㄈㄤˊ）中（ㄓㄨㄥ）頭（ㄊㄡˊ）梳（ㄕㄨ）手（ㄕㄡˇ），

老（ㄌㄠˇ）鼠（ㄕㄨˇ）叼（ㄉㄧㄠ）著（ㄓㄜ）狸（ㄌㄧˊ）貓（ㄇㄠ）走（ㄗㄡˇ），

李（ㄌㄧˇ）家（ㄐㄧㄚ）廚（ㄔㄨˊ）子（ㄗ）殺（ㄕㄚ）螃（ㄆㄤˊ）蟹（ㄒㄧㄝˋ），

鮮（ㄒㄧㄢ）血（ㄒㄧㄝˇ）淹（ㄧㄢ）死（ㄙˇ）王（ㄨㄤˊ）三（ㄙㄢ）姐（ㄐㄧㄝˇ）。

叼 ㄉㄧㄠ diāo

用嘴銜物。例：叼菸。

廚 ㄔㄨˊ chú

烹調食物的地方。例：廚房。

儲藏物品的櫃子。通「櫥」。例：書廚。

螃 ㄆㄤˊ páng

甲殼類節足動物名。例：螃蟹。

淹 ㄧㄢ yān

浸漬。例：淹水。

久停、滯留。例：淹久。

顛倒歌 6

忽聽門外人咬狗，
拿起門來開開手，
拾起狗來打磚頭，
又被磚頭咬了手。
騎了轎子抬了馬，
吹了鼓，打喇叭。

忽 ㄏㄨ hū

♪不留心、不注意。例：疏忽。

♪輕視、瞧不起。例：忽視。

♪突然。例：忽冷忽熱。

磚 ㄓㄨㄢ zhuān

♪以黏土燒製而成的方形建築材料。例：磚塊。

♪磚形的物體。例：金磚。

顛倒歌 7

好久沒唱顛倒歌，
明日唱了顛倒歌。
楓樹枝頭一個泥巴眼，
泥巴眼裡一個喜鵲窩。
對門山裡菜吃羊，
屋裡媳婦打家娘。
睡到半夜賊咬狗，
雞公擔起狐狸子走。

楓 ㄈㄥ
fēng

♪植物名。例：楓紅。

倒唱歌

倒唱歌，順唱歌，
河裡石頭滾上坡。
先生我，後生哥，
長了尾巴長耳朵。
接我媽，我打鑼，
爹爹發蒙我同學。
我走家家門前過，
看見舅爺搖家婆。

順 ㄕㄨㄣˋ shùn

♪沿著同一序次。例：順序。

♪趁便。例：順便。

♪依從、歸服。例：順從。

♪合意、不違逆。例：順眼。

先 ㄒㄧㄢ xiān

♪時間或次序在前。例：先發制人、近水樓臺先得月。

♪對已去世者的尊稱。例：先父、先人。

♪暫時。例：你先不要慌，我們慢慢想辦法來解決。

接 ㄐㄧㄝ jiē

♪交際、招待。例：迎接。

♪交合、相觸。例：交頭接耳。

♪收、受。例：接電話。

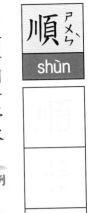

啞子開口唱兒歌

啞子開口唱兒歌，
聾子聽見笑呵呵，
瞎子跑去拿銅鑼，
一拿拿著他哥哥的小耳朵，
哥哥痛得沒奈何，
連聲大叫：
喲！喲！喲！

呵 ㄏㄜ hē

♪吹氣。例：呵氣。

♪大聲責罵。例：呵斥。

♪保護。例：呵護。

♪笑聲。例：呵呵大笑。

奈 ㄋㄞˋ nài

♪如何。例：無奈。

喲 ㄧㄠ yāo

♪表示驚嘆的語氣詞。例：
喲！你可來了。

♪表示聲音。例：哎喲。

姐在房中頭梳手

姐在房中頭梳手，
忽聽門外人咬狗；
拿起狗頭打磚頭，
又怕磚頭咬了手；
從來不說顛倒話，
口袋駝著驢子走。

房 ㄈㄤˊ
fáng

♪人所居住活動的建築物。例：樓房。

♪居室中的一間。例：書房。

♪家族的分支，計算親戚家數的單位。例：長房、二房、三房親戚。

♪物體內部隔成的各個部份。例：蜂房。

從 ㄘㄨㄥˊ cóng

從 ㄗㄨㄥˋ zòng

從 ㄘㄨㄥ cōng

ㄘㄨㄥˊ

♪跟隨。例：跟從。

♪參與、加入。例：從事。

ㄗㄨㄥˋ

♪隨侍的人。例：隨從。

♪附和的、次要的。例：從犯。

ㄘㄨㄥ

♪舒緩悠閒、不慌不忙的樣子。例：從容自若。

♪充裕、不緊迫。例：時間很從容。

袋 ㄉㄞˋ dài

♪裝物品的東西。例：購物袋。

♪計算物品的單位名稱。例：一袋米。

第20篇

繞口令篇（下）

駝子螺螄

駝子挑了一擔螺螄，
鬍子騎了一匹騾子；
駝子的螺螄，
撞啦鬍子的騾子；
鬍子的騾子，
踏啦駝子的螺螄。
駝子要鬍子賠駝子的螺螄，
鬍子要駝子，
賠鬍子的騾子。

蛳 ㄙ shī

♪動物名。例：螺蛳。

匹 ㄆㄧ pī

匹 ㄆㄧˇ pǐ

ㄆㄧ

♪量詞。計算馬、騾、驢等牲畜的單位。例：單槍匹馬。

ㄆㄧˇ

♪實力相當。例：匹敵。

♪配合。例：匹配。

龔先生

龔先生東方走來掮了一棵松，
翁先生西方走來拿了一只鐘，
龔先生的松撞破了翁先生的鐘，
翁先生扭住龔先生的一棵松，
龔先生要翁先生放了他的松，
翁先生要龔先生賠還他的鐘，
龔先生不肯賠錢還翁先生的鐘，
翁先生不肯放還龔先生的松。

掮 ㄑㄧㄢˊ qián

♪用肩扛東西。例：掮貨。

♪居中介紹買賣以賺取佣金的人。例：掮客。

鐘 ㄓㄨㄥ zhōng

♪樂器名。屬打擊樂器。中空，用銅或鐵製成。例：鐘鼓齊鳴。

♪計時器。例：時鐘、鬧鐘。

♪姓氏。

扭 ㄋㄧㄡˇ niǔ

♪手握緊東西而旋轉。例：扭緊。

♪抓、揪住。例：扭打。

♪身體左右搖擺。例：扭動。

♪擦傷筋骨。例：扭傷了腳。

肯 ㄎㄣˇ kěn

♪答應、同意。例：媽媽不肯讓我出去。

♪願意。例：肯學習，就有進步。

老貓

老貓老貓，上樹摘桃。
一摘兩筐，送給老張。
老張不要，氣得上吊。
上吊不死，氣得燒紙。
燒紙不著，氣得摔瓢。
摔瓢不破，氣得推磨。
推磨不轉，氣得做飯。
做飯不熟，氣得宰牛。
宰牛沒血，氣得打鐵。

打鐵沒風，氣得撞鐘。
撞鐘不響，氣得老貓亂嚷。

筐 ㄎㄨㄤ kuāng

♪ 指用竹篾或柳條等編成的盛物器。例：籮筐。

熟 ㄕㄡˊ shóu

♪ 經烹煮爛透的。例：煮熟。

♪ 技藝精巧的。例：熟能生巧。

♪ 深沉安穩。例：熟睡。

♪ 仔細、精詳。例：深思熟慮。

宰 ㄗㄞˇ zǎi

♪ 治理、掌理。例：主宰。

♪ 屠殺、分割。例：殺豬宰羊。

嚷 ㄖㄤˇ rǎng

♪ 喊叫、喧鬧。例：大嚷大叫。

陸老頭

六合縣，
有個六十六歲的陸老頭，
蓋了六十六間樓，
買了六十六簍油，
堆在六十六間樓；
栽了六十六株垂楊柳，
養了六十六頭牛，
扣在六十六株垂楊柳。
遇著一陣狂風起，
吹倒了六十六間樓，
翻了六十六簍油，
斷了六十六株垂楊柳，
打死了六十六頭牛，
急煞六合縣的六十六歲的陸老頭。

簍 ㄌㄡˇ lǒu

♪用竹子、荊條等編成的盛物器具。例：字紙簍。

株 ㄓㄨ zhū

♪樹木露在地面上的根部。例：守株待兔。

垂 ㄔㄨㄟˊ chúi

♪東西一頭由上直掛而下。例：垂釣。

♪留傳後世。例：永垂不朽。

狂 ㄎㄨㄤˊ kuáng

♪誇大的、傲慢自大。例：狂妄。

♪強烈、猛烈。例：狂熱。

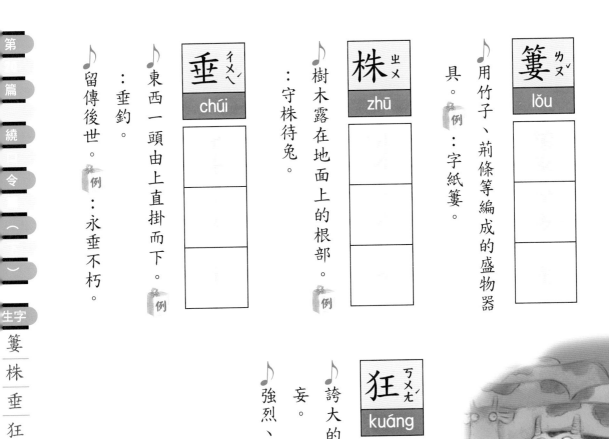

鴉雀歌

鴉雀尾巴長，
清明嫁姑娘。
姑娘矮，嫁螃蟹；
螃蟹臭，嫁綠豆；
綠豆香，嫁生薑；
生薑辣，嫁枇杷；
枇杷軟，嫁花板；
花板薄，嫁牛角；
牛角高，打好刀；
刀又快，好切菜；
菜又甜，好過年；
菜又苦，過十五；
菜又青，好點燈；
燈又亮，好算賬；
婆婆老爹一算，
算到大天亮。

清 ㄑㄧㄥ qīng

♪澄淨、純潔。例：清潔。

♪詳細、明白。例：清楚。

矮 ㄞˇ ǎi

♪身材短小。例：矮小。

♪低的、不高的。例：矮牆。

臭 ㄔㄡˋ chòu

♪難聞的氣味。例：口臭。

♪醜惡的、令人厭惡的。例：一張臭臉。

薄 ㄅㄛˊ bó　薄 ㄅㄛˋ bò

ㄅㄛˊ

♪扁平物體表面與底面之間距離小的。例：薄紙。

♪稀疏的、淡的。例：稀薄。

ㄅㄛˋ

♪植物名。例：薄荷。

鴉鵲鵲

鴉鵲鵲，尾巴長，
初一初二嫁姑娘；
姑娘矮，嫁隻蟹。
蟹腳黃，嫁鳳凰。
鳳凰飛，嫁金雞。
金雞綠，嫁隻鹿。
鹿上山，嫁牡丹。
牡丹開，嫁秀才。
秀才醜，嫁隻狗。

狗咬人，嫁道人。
道人不吃葷，
連毛豬頭囫圇吞。

初 ㄔㄨ chū

♪ 起源、開始。例：和好如初。

♪ 起頭的、剛開始的。例：初衷。

♪ 第一次的。例：初試啼聲。

鳳 ㄈㄥˋ fèng

♪ 傳說中的百鳥之王，雄的稱為「鳳」，雌的稱為「凰」，為象徵祥瑞的鳥。例：鳳凰于飛。

鹿 ㄌㄨˋ lù

♪ 動物名。例：鹿角。

囫 ㄏㄨˊ hú

♪ 籠統含糊。例：囫圇吞棗。

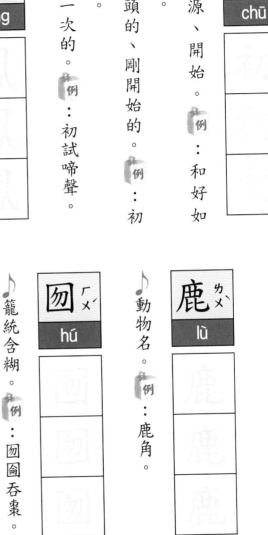

泥蛋泥蛋搓搓

泥蛋泥蛋搓搓，
裡頭有個哥哥；
哥哥出來買菜，
裡頭有個奶奶；
奶奶出來燒香，
裡頭有個嬌娘；
嬌娘出來點點頭，
裡頭有個小皮猴；
皮猴出來放爆竹，

鐵(ㄊㄧㄝˇ)棍(ㄍㄨㄣˋ)打(ㄉㄚˇ)死(ㄙˇ)人(ㄖㄣˊ)。

搓 ㄘㄨㄛ

cuō

♪兩手揉物或自相揉擦。

例：揉湯圓、搓繩子。

猴 ㄏㄡˊ

hóu

♪動物名。

例：母猴、靈猴。

板凳

板凳板凳坐坐，
裡頭住了大哥；
大哥出來賣菜，
裡頭住了奶奶；
奶奶出來燒香，
裡頭住了姑娘；
姑娘出來磕頭，
裡頭住了黃鼬；
黃鼬出來吃雞，

吃到天明月亮低。

磕 ㄎㄜ kē

♪撞碰在硬東西上。例：磕碰。

♪叩頭、頓首。例：磕頭。

鼬 ㄧㄡˋ yòu

♪體型大小不一，嗅覺、視覺靈敏，動作迅捷。身體細長，足短，適合進出石隙、洞穴等處。晝伏夜出，以鼠類、松鼠等為食。例：鼬鼠。

小紅孩

小紅孩，也怪好，
倒被稀泥滑倒了。
稀泥稀泥也怪好，
出一顆太陽曬乾了。
太陽太陽也怪好，
來片雲彩遮住了。
雲彩雲彩也怪好，
一陣大風颳散了。
大風大風也怪好，

築起牆頭擋住了。
牆頭牆頭也怪好，
老鼠把他鑽透了。
老鼠老鼠也怪好，
狸貓把他捉住了。

稀 ㄒㄧ xī

♪疏鬆、不稠密。例：稀鬆。

♪少、不多。例：稀有。

♪很、非常。例：稀爛。

遮 ㄓㄜ zhē

♪阻擋。例：遮風避雨。

♪蓋、掩蔽。例：遮蓋。

築 ㄓㄨˊ zhú

♪建造。例：建築。

♪第、居室。例：小築。

鑽 ㄗㄨㄢ zuān

ㄗㄨㄢ

♪用鑽子之類的器具在物體旋轉穿洞。例：鑽洞。

♪穿行、穿進。例：火車鑽山洞。

鑽 ㄗㄨㄢˋ zuàn

ㄗㄨㄢˋ

♪穿孔的器具。例：電鑽。

♪金剛石。例：鑽戒。

一只麻雀

一只麻雀雲裡飛，
飛到楊家煙囪裡。
衝！衝掉一叢毛。
毛！跑過橋。橋！橋神土。
土！土地堂。堂！糖塌餅。
餅！餅一張。張！張果老。
老！老壽星。星！新娘子。
子！豬八加。加！階沿石。
石！石寶塔。塔！寶塔尖。

尖！碰著天。天！天落雨。
地！地滑塌。
滑殺一個老阿太。

叢：讀ㄗㄨㄥ音。

囪 ㄘㄨㄥ chuàng

♪排煙的管道。例：煙囪。

塌 ㄊㄚ tā

♪垮落、倒落。例：倒塌。
♪低下、凹陷。例：塌鼻子。

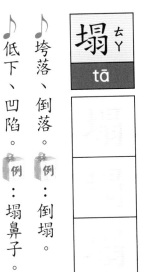

花蝴蝶

花蝴蝶滿天飛，
金龜子來作媒；
叫來蜜蜂來扛轎，
叫來蜻蜓來作陪，
叫來螢蟲打燈籠，
喝來蛐蛐把笛吹。
新郎撩轎門，
新娘牽衣隨，
雙雙來到堂前拜，

拜見公婆雙雙跪，
公婆看見心歡喜，
快快活活喝一杯。

扛 ㄎㄤˊ kāng

♪以肩荷物。例：扛行李。

陪 ㄆㄟˊ péi

♪伴隨。例：陪伴。

♪輔助。例：陪審。

籠 ㄌㄨㄥˊ lóng

♪用來盛裝或覆蓋東西的竹編器具。例：燈籠、竹籠。

♪用來拘囚人或鳥獸的器具。例：鳥籠、牢籠。

撩 ㄌㄧㄠˊ liáo

♪提、掀起垂下物體的下緣。例：撩起裙子。

♪挑弄、逗引。例：姿態撩人。

♪紛亂。例：眼花撩亂。

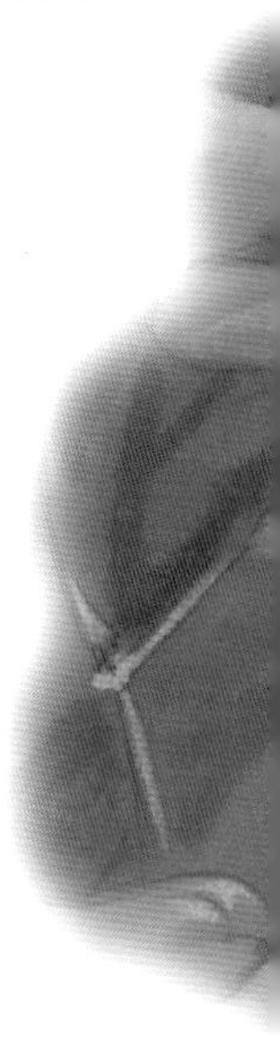

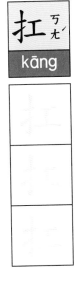

駱駝

駱駝駱駝，騎馬過河。
淹死馬崽，救得馬婆。
馬婆告狀，告訴和尚。
和尚念經，告訴觀音。
觀音擂鼓，告訴老虎。
老虎腮牙，告訴蝦蟆。
蝦蟆伸腳，告訴喜鵲。
喜鵲上樹，告訴斑鳩。
斑鳩咕！咕！咕！

駱 ㄌㄨㄛˋ luò

♪動物名。例：駱駝。

♪姓氏。

告 ㄍㄠˋ gào

♪訴說、向人說明。例：告訴。

♪揭發、提出訴訟。例：告狀。

♪對大眾宣布的語言或文字。例：廣告。

擂 ㄌㄟˊ léi

♪捶打、敲擊。例：擂鼓。

♪古時為比賽武術所搭建的高臺。今指比賽時所使用的臺子。例：歌唱擂臺。

腮 ㄙㄞ sāi

♪面頰。例：抓耳撓腮。

伸 ㄕㄣ shēn

♪物體由常態舒展開來。例：伸直、伸長脖子。

生日

湯家太太做生日，
家家為她拜壽忙。
車滿門，客滿堂，
廚子拿刀來殺羊。
羊說道：羊毛年年剪得多，
為何不殺鵝？
鵝說道：鵝蛋好吃不可殺，
為何不殺鴨？
鴨說道：白細鴨絨好做衣，
為何不殺雞？
雞說道：五更天明報時候，
為何不殺狗？
狗說道：我看家門他玩耍，
為何不殺馬？
馬說道：我耕田地你收租，
為何不殺豬？
豬說道：今天大家都快活，
為何只殺我？

壽 ㄕㄡˋ shòu

♪長命。例：福壽雙全。

♪生存的年歲。例：長壽。

絨 ㄖㄨㄥˊ róng

♪表面有柔細短毛的絲織品。例：絲絨。

♪刺繡用的絲線。例：殘絨。

耕 ㄍㄥ gēng

♪犁田、種植。例：耕田。

♪比喻謀生。例：筆耕。

租 ㄗㄨ zū

♪田賦。例：田租。

♪出借房屋、物品等所收取的報酬費用。例：房租。

♪稅捐。例：地租。

煙子煙

煙子煙矗天，
大郎騎馬二郎牽，
牽在河邊看龍船；
龍船破，唱家婆，
燕，燕，扯紅線，
家婆挑水橋上過；
扯，扯，金剛扯，
橋，橋，二重橋，
金，金，呂洞賓，
二，二，張老二，
呂，呂，鐵拐李，
張，張，苦蔴秧，
鐵，鐵，肚裡鐵，
苦，苦，牛屁股，
肚，肚，瓜葫蘆，
牛，牛，梭樂球，
瓜，瓜，吹嗩吶，
梭，梭，燕子窩，
吹，吹，吹得鼻子灰。

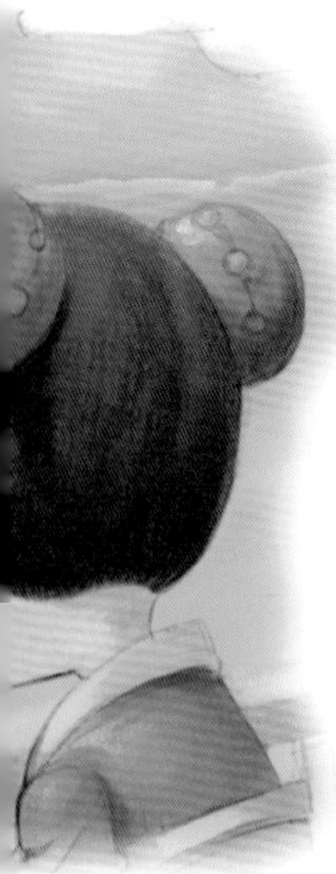

矗 ㄔㄨˋ chù

♪ 直立高聳的樣子。例：矗立。

拐 ㄍㄨㄞˇ guǎi

♪ 詐騙。例：拐騙。

♪ 轉彎。例：拐彎抹角。

♪ 瘸腿走路。例：一拐一拐的。

股 ㄍㄨˇ gǔ

♪ 關於股票的。例：股市。

♪ 機關或社團中的部門名稱。例：文書股。

♪ 量詞。計算力氣或氣體等的單位。例：一股幽香。

白貓黑貓

廟外頭一隻白白貓，
廟裡頭一隻黑黑貓，
黑黑貓背白白貓，
白白貓背黑黑貓。

廟 ㄇㄧㄠˋ miào

♪奉祀神佛、先賢聖哲的處所。例：寺廟、土地廟。

白 ㄅㄞˊ bái

♪像雪或乳汁般素淨的顏色的。例：藍天白雲。

♪率直、誠實。例：坦白。

♪彰明、表明。例：真相大白。

黑 ㄏㄟ hēi

♪與「白」相對。例：黑色。

♪隱密的、不公開的。例：黑名單。

♪專門從事非法的。例：黑道。

讀兒歌學中文 4

2009年2月初版
定價：新臺幣260元

編　　著　聯經編輯部
　　　　　漢語學習小組
發行人　林載爵

出版者　聯經出版事業股份有限公司
地　　址　台北市忠孝東路四段555號
編輯部地址　台北市忠孝東路四段561號4樓
叢書主編電話　(02)27634300轉5046、5053
總經銷　聯合發行股份有限公司
發行所：台北縣新店市寶橋路235巷6弄6號2樓
電話：(02)29178022
台北忠孝門市：台北市忠孝東路四段561號1樓
電話：(02)27683708
台北新生門市：台北市新生南路三段94號
電話：(02)23620308
台中分公司：台中市健行路321號
暨門市電話：(04)22371234ext.5
高雄辦事處：高雄市成功一路363號2樓
電話：(07)2211234ext.5
郵政劃撥帳戶第0100559-3號
郵撥電話：27683708
印刷者　文鴻彩色製版印刷有限公司

叢書主編　黃惠鈴
編　　輯　王盈婷
校　　對　楊金龍
內文排版　林琮諺
封面設計　陳巧玲
繪　　圖　孫家裕

行政院新聞局出版事業登記證局版臺業字第0130號

本書如有缺頁，破損，倒裝請寄回發行所更換。
ISBN　978-957-08-3382-9（第4冊：平裝）
聯經網址：www.linkingbooks.com.tw
電子信箱：linking@udngroup.com

國家圖書館出版品預行編目資料

讀兒歌學中文 4 /聯經編輯部編著．
初版．臺北市：聯經；2009年2月
（民98）；168面；18×18公分
ISBN 978-957-08-3382-9（平裝）

1. 漢語 2.兒歌 3.讀本

802.83 98000931